ÉTINCELLES

DE

PAR

C. Bouin.

PARIS.
Imprimerie de Guillois,
Rue du Cadran, 9.

ÉTINCELLES

DE

L'AME,

PAR

C. Bouin.

PARIS.

Imprimerie de Guillois,

Rue du Cadran, 9.

1842

Étincelles de l'Âme.

SONNET.

J'admirai les étoiles
Et j'écoutai les vents
qui dirigeaient les voiles
Des pêcheurs en partant.

Par une sombre nuit, assis sur le rivage,
Je contemplai la mer, œuvre de l'Éternel :
Mon regard fatigué, abandonna la plage,
Et pour parler à Dieu, se tourna vers le ciel.
. . . .

La brise du soir en chassant les blancs nuages
Me laisse voir à genoux près d'un divin autel,
Un ange aux aîles d'or, adorant ton image
Et couronnant ta tête d'un brillant arc-en-ciel.

. . . .

Alors, me souvenant des soirées de Grenade,
Je crus entendre chanter une belle naïade,
Qui murmurait de sa voix argentine

. . . .

Et malgré que le vent gronda sur ma tête,
Ce concert divin domina la tempête
Et je compris ce grand nom : LAMARTINE.

6 avril 1840.

UNE LARME.

Les larmes sont aussi douces à la douleur,
Que l'amour à la vie . . . .

Eh qu'importe au malheureux poète
Qui trace quelques vers sur ses tablettes,
Que lui fait à lui, qui écrit des mots sans suite,
Que son nom soit grand, passe et meure vite:
A lui qui pleure la nuit dans ses rêves sans fin,
Qui cesse aujourd'hui pour recommencer demain.
Malheur à lui qui entrevoit un gouffre profond
Et qui souffre sur son grabat comme un moribond.
A lui qui, déjà, sans force comme un vieillard,
A peur de la satire, son affreux cauchemard;
Pour lui, revoir sa mère, son pays, son chaume,
Lui vaudrait mieux que la société des hommes;
Son cœur, par le monde, mordu et fasciné,
Est comme son corps.... à vingt ans... empoisonné.

Le pauvre poète à ses yeux avili.....
Se cramponne au monde, mais le monde sali.
Pourtant ces pleurs de l'ame qui voulait dévoiler
Son édifice d'or... il vient de s'écouler,
Au ciel il avait vu briller son étoile,
C'était un navire sans pilote, sans voile,
La mort le menace, hideuse elle arrive.
Allons, enfant poète, abandonne la rive,
Tu vas quitter la terre, telle est la volonté
De celui qui gouverne et fait l'égalité;
Tes yeux vont se fermer pour ne plus revoir le jour.
Tu vas te coucher dans la tombe, et dormir toujours.
Au tribunal de Dieu vas présenter ton ame,
Et donne à tes amours ta dernière larme.

7 *avril* 1840.

SOUVENIR D'UN JOUR.

A mon Frère.

UNE VISITE A LA GALERIE DU COMTE D'ESPAGNAC.

> Alors un ange m'apparut, je l'adorai,
> Mais l'ange s'envola aux cieux,
> Mon amour le suivit.

Frère, ami, dis-moi, est-ce un beau rêve,
Commencé en m'endormant et que j'achève ;
moi, pauvre artiste quittant mon triste hamac,
Suis-je bien chez le noble comte d'Espagnac?

. . . .

Non, je ne rêve pas, c'est la réalité,
Tout ce qui m'entoure est de rare beauté,

La vie apparaît sous de brillantes couleurs
Dans ces riches salons ornés de mille fleurs.

. . . .

Partout je vois de beaux vases antiques,
De superbes tableaux apostoliques ;
Un jeune pâtre sur le haut d'une montagne
Admirant avec joie les belles vues d'Espagne.

. . . .

Là, j'aperçois au-dessus d'un beau divan,
Un superbe tableau d'un peintre catalan ;
Ici, auprès d'un noble et vaillant héros,
Vénus et les amours goûtant un doux repos.

. . . .

Le parquet est tout en belle mosaïque
Fait de brillans apportés du Mexique,
Dans le fond d'un salon, un beau chien Danois
Est couché noblement au pied d'une croix.

. . . .

Une jeune fille méditant d'un air rêveur,
Mais dont la posture est pleine d'impudeur ;
Sans doute que l'artiste est un peintre de femme
Méprisant la critique du monde et le blame.

. . . .

Dans ce salon sont des portraits de famille,
Car j'aperçois la comtesse et sa fille ;
On ne peut les voir sans les chérir, les aimer,
Oh ! la fille est un ange fait pour charmer.

. . . .

Ici l'on ne voit plus les murailles
Tant elles sont couvertes de batailles.
Là, du noble comte, un noble aïeul
Caressant un magnifique épagneul.

. . . .

Mais quelle est cette dame si fière ?
Une jeune fille dont je la crois mère,
La suit à pas lents, la tête impérative,
Son visage pâle est un beau type de juive.

. . . .

Oui, j'éprouvai du bonheur à suivre ses traces,
Regardant son ombre comme un ange qui passe ;
Mais l'ange me regarde de son air de fierte,
Je me souvins du monde et de la réalité.

. . . .

Frère, ami, quittons ces lambris dorés,
Retournons dans notre taudis délabré.

Quittons ce monde qui nous regarde avec dédain,
Allons retrouver nos amis qui nous tendent la main.

. . . .

Oui, de ce jour je garderai souvenir,
Et pourtant j'ai juré de n'y plus revenir;
Je n'aime pas ce monde de chimère
Qui me rappele mon malheur, ma misère.

. . . .

Mais avant d'en sortir j'écartais une frange
Qui cachait à mes yeux la vierge et les anges;
Et du velours soulevant un large plis,
J'aperçus la tête d'un beau crucifix.

. . . .

Nous alions partir, lorsque des sons divins,
Résonnent doucement sur un beau clavecin.
Frère, tu le sais, je suis philarmonique;
Eh bien! restons encore..... pour la musique.

. . . .

Je revis la jeune fille au noble visage,
Plus belle cent fois que la vierge de Caravage;
Je quittai ces lieux, le cœur souffrant, opprimé,
Car, moi.... pauvre.... artiste..... j'osé l'aimé.

. . . .

Ne la voyant plus, je regrettai sa présence,
Son regard hautain.... et même son insolence,
Ses grands yeux noirs et sa belle pâleur,
Le son de sa voix gravé dans mon cœur.

. . . .

Alors sur mon visage roula une larme;
Je regrettai d'avoir connu tant de charme.
De tels anges ne sont formés que pour les cieux,
Et pourquoi sur elle ai-je levé les yeux.

. . . .

Mais je goutais à la voir une joie inéfable,
De si beau visage mon ame est insatiable;
Et depuis, je suis sombre, triste, farouche,
Je donnerais ma vie pour un mot de sa bouche.

. . . .

Adieu bel ange de mes rêves dorés.
Adieu divin génie qui vient de m'inspirer.
Ton regard dans la vie peut seul me soutenir.
Laisse-moi t'admirer.... laisse-moi te bénir.

. . . .

Laisse-moi murmurer ta beauté sur ma lyre,
Laisse-moi respirer l'air que tu respire.

Laisse-moi devenir ton fidèle interprète,
Car toi seule m'a révélé que j'étais poète ;
. . . .

Toi seule a soulagé les peines de mon cœur.
Un moment tu me fais oublier le malheur;
Oh ! laisse-moi t'aimer jeune fille si pure,
Car vivre sans t'aimer serait une torture.

10 *avril* 1840.

A MON AMI HENRI,

Après la mort de sa Sœur.

Pourquoi pleurer ami ;
les anges vont au ciel.

Pourquoi toujours songer à notre Caroline?
Tu sais que dans ce monde nous sommes tous mortels.
Portons avec courage la couronne d'épine
Que pour nous éprouver nous a envoyé le ciel.

. . . .

Je sais que d'une sœur le trépas est amer ;
Espérons que sa place est marquée dans les cieux.
Souviens-toi qu'ici bas il te reste une mère,
Dont la vie, ami, est un bienfait précieux.

. . . .

Nous irons souvent près du ruisseau limpide,
Où de ta sœur enfant nous plaçions le berceau;
Ces beaux jours ont passé bien prompts, bien rapides,
Mais pour nous consoler il nous reste.... un tombeau

. . . .

Allons, ami, nous agenouiller sur la pierre
Qui recouvre les restes précieux de ta sœur;
Et pour son ame récitons une prière,
La prière soulage et rafermit le cœur.

. . . .

Entends-la cloche qui sonne l'agonie,
Les prêtres qui murmurent leurs tristes accords:
Ces concerts du ciel, divine harmonie,
Ces plaintes lugubres; ce sont les chants des morts.

. . . .

Henri, je te l'ai dit: tout suit la destinée,
Ici-bas tout passe; la grandeur et l'orgueil,
Nul ne peut compter sur la fin de la journée.
Toute ambition s'éteint sur les bords d'un cercueil.

18 *avril* 1840.

A MA BONNE MÈRE.

La meilleure amie dans ce monde,
C'est une mère.

Adieu, digne objet de notre sincère amour,
En nous quittant tu nous fais une vie bien amère ;
Sois sûre que tes enfants te regretteront toujours:
Qu'ils n'oublierons jamais une aussi bonne mère.

Ta place est marquée à la droite de Dieu,
Tu reposes... oh oui! d'un repos durable.
Mère sainte, daignes veiller du haut des cieux
Sur ta pauvre famille inconsolable.

Sans toi, mère chérie, adieu l'espérance,
Et pourtant le ciel vient de nous séparer ;
En nous envoyant la misère, la souffrance,
Seigneur, donnez nous la force pour pleurer.

Oh toi! qui toujours essuyant leurs larmes
A tes enfants tu a donné le bonheur,

Toi qui, par ta perte cause nos alarmes,
Descends un instant pour consoler nos cœurs.

J'ai vu à la lueur d'une pâle lumière
Ton beau visage en proie à la douleur;
La mort hideuse est venu fermer ta paupière,
En laissant tes pauvres enfants dans les pleurs.

Une nuit entière penchés sur ta sombre couche,
Ensemble soutenant notre père abattu,
Mère, nous pensions voir le sourire sur ta bouche
Et dans notre délire, nous te disions : qu'a-tu?

Vainement de tes traits nous cherchions la trace,
En voulant nous rappeler ta noble beauté,
Ta belle tête jadis pleine de grace,
La mort l'avait empreinte de sa lividité.

Eh bien! pour toutes ces affreuses souffrances,
Toutes ces nuits mortelles d'angoise et d'effroi.
Tous souvenirs perdus de notre enfance.
Dieu ne nous laisse rien... qu'est-ce la vie sans toi?

Je vais bien souvent prier sur ta tombe;
Ces instans si rapides seront toute ma joie;
Vers le soir, quand le jour baisse et tombe,
Au bruit des ames des morts je vais mêler ma voix.

SOUVENIRS D'ENFANCE.

Enfant, qui pleure tu !
« Ma mère, ma mère, »
Alors, la voix se tut
A mes larmes sincères.

Pour moi, plus de caresse,
De regards, de bonté,
Pour charmer ma tristesse
Et mon cœur dégoûté.

Que ma peine est amère,
Pauvre, oublié de Dieu;
Enfant, j'ai perdu ma mère,
Elle a fermé les yeux.

Adieu mon habitude
De la voir tous les jours:
La triste solitude
Habite mon séjour.

Ma mère bien aimée
Ne sera plus là le soir,
Quand la brise embaumée
Nous disait au revoir.

Quand la belle nature,
A son dernier soupir,
De sa rosée si pure,
Venait pour nous bénir.

Quand la fleur d'aubépine
Exhalant son odeur,
En montant la colline,
Embaumait nos deux cœurs.

Ma mère fatiguée
Et tremblante d'effroi,
Sur mon bras affaissée,
Ne regardait que moi.....

Et quand à notre asile,
Nous arrivions le soir,
Sous un berceau tranquille
Nous allions nous assoir.

Alors d'un vieux cantique,
Mille fois répétait,

Ou d'un chant poètique,
Ma mère m'entretenait.

Puis voyant mon sourire,
Contente de mon sort,
Ma mère venait me dire :
Enfant je veille..... dors.

Par une froide aurore,
Ma mère s'enfuit aux cieux,
Pour ton fils veille encore,
Sur lui baisse les yeux.

A toi toujours il songe ;
Charles t'aime toujours,
Ta mort lui semble un songe,
Adieu mes seuls amours.

Quand de notre village,
Je sors quelque fois,
Et qu'à l'hermitage
Je reviens sans toi.

Mon ame est débile.
Mon cœur abattu,
Personne dans mon asile
Ne me dit : qu'as tu?

Plus de vieux çantique
Pour charmer mon cœur,
Je suis mélancolique,
Et n'ai plus de bonheur.

Pauvre enfant, sans mère,
Je n'ai plus d'amis,
Je suis solitaire.
« Adieu mon beau pays. »

Adieu ma mère chérie,
Soutient-moi de tes conseils...
Adieu donc pour la vie,
Et jusqu'au grand réveil.

Aux cieux où tu repose,
Prie un peu pour moi,
Par ton apothéose,
Vient calmer mon effroi.

Pour moi, la natnre
Ne vient plus le soir....
De ses doux murmure.
Me donner l'espoir.

Je vais par le monde
Sans trouver d'amis,

Sans voix qui réponde,
A mon cœur soumis.

Lorsque je chemine
Au bord d'un ruisseau,
Près de la colline,
Je trouve un tombeau.

C'est le tien! ma mère....
Je vais soupirer....
Et là.... solitaire....
Là, je vais pleurer.

A Mlle C***.

Je sais bien que mon amour vous offense,
Mais quant on vous a vu, peut-on ne pas vous aimer,

Un beau soir, je vous vis, que vous étiez jolie,
Votre regard d'ange pénétra dans mon cœur,
Et tous bas, je me dis, le destin de ma vie
Et tout entier dans cette brillante fleur.

Mais ce rêve, pourquoi vous le dire,
Vous êtes née pour un avenir plus doux.
Oui, ce fut un moment de délire,
Pardon, pardon, Clara, d'avoir songé à vous.

O! pourquoi m'êtes vous apparue,
Au moins, ce feu que je pris dans vos yeux,
Cette ivresse que donne votre vue
Ne m'auraient pas fait si malheureux.

Savez-vous ce que c'est d'aimer sans espérance,
C'est une plaie dans laquelle on laisse le fer,
C'est d'être torturé d'horribles souffrances,
C'est de renier le seigneur et désirer l'enfer.

O! pourtant, combien je vous aurai aimé,
De combien de caresses j'aurai rempli vos jours,
Mais non..., jamais, votre voix bien aimée,
A moi, pauvre.... inconnu, ne parlera d'amour.

Jeudi, ce 5 *Août* 1841.

A MON ANCIEN AMI.

Ami, si jusqu'à toi arrivent mes murmures,
Lorsque je serai couché dans le tombeau,
Souviens-toi que la vie du poète est bien dure
Quand il est seul à porter son lourd fardeau.

Le monde m'a atteint de sa sale morsure;
Toi, ami, tu es heureux depuis le berceau.
Ma triste vie s'est passée dans d'horribles tortures,
Le bonheur t'a couvert de son riche manteau.

Toujours devant tes pas tu as trouvé le plaisir,
Moi, cloué sur une croix, j'ai souffert le martyr,
Bien souvent, j'ai maudi ma fatale existence.

Ton cœur a goûté de doux épanchements,
Jamais dans ta vie, ni peines, ni tourments,
Et toujours devant toi, a brillé l'espérance.

UN SOIR,

Souvenirs à Hermance.

La poésie et l'amour ne sont
qu'une seule et même chose.

C'était par une de ces soirées de bonheur,
Où la joie vous inonde la tête et le cœur,
En rassasiant votre ame;
Où le plaisir vient donner à vos sens agités
Tous les délices des anges remplis de voluptés,
Dont l'amour nous enflamme.

Je pressais dans mes bras mon Hermance adorée,
Et promenais mes lèvres sur sa gorge marbrée,
Et mon cœur, sur son cœur ;
Je respirais son haleine pure , enivrante,
Et me mirais dans ses yeux, je la sentis tremblante,
Oh! c'était de bonheur.

Le ciel semblait sourire à nos tendres caresses,
Il ranima les sens de ma belle maîtresse
Que j'embrassais toujours ;
Son front s'illumina d'une céleste flamme,
Dans un dernier baiser, elle incendia mon ame
Des feux de son amour.

Je n'oublierai jamais cette ivresse brûlante
Qui éveilla mon ame si pauvre, si souffrante
Au battement de ton sein.
Oui, ces souvenirs si doux me reviennent sans cesse,
Divine harmonie, qui console ma tristesse
Comme un joyeux refrain.

Car tu as pris ton vol vers la voûte éternelle,
Ton bon ange t'emporte, abrité sous son aile,
Nous sommes séparés;
Tu reposes, Hermance, en la sainte demeure,
Moi, confiant dans le ciel, j'attends ma dernière heure,
J'ai cessé de pleurer.

Pour moi, plus de bonheur, je t'ai vu expirante,
J'ai reçu le baptême des larmes brûlantes
Qui coulaient de tes yeux;
Tu as passé comme une blanche rose,
Qui finit sa vie, à peine elle est éclose,
Pour remonter vers Dieu.

Ton ame repose au ciel, calme, tranquille,
Moi, je vais sur ta tombe, ton dernier asyle,
M'agenouiller chaque soir.
Là, je respire la douce brise embaumée
Qui m'apporte des souvenirs de ma bien aimée
Et me bercent d'espoir.

J'attends avec désir l'heure où viendra mon trépas.
Sans toi, mon Hermance, qu'ai-je à faire ici bas?
Je n'ai plus de bonheur,
Car il manque à ma vie, ton suave sourire;
Je n'entends plus murmurer ces doux chants de ta lyre
Qui consolaient mon cœur.

Mai 1840.

A MON AMI CHRISTIAN,

Dans une lettre après son Mariage.

Oh! oui : tu dois l'aimer, car on la dit bonne :
Moi, je l'ai vu souvent prier au pied de l'autel,
C'est un de ces anges que le seigneur nous donne
Pour nous aimer ici bas, et nous conduire au ciel.

Paris, ce 7 Mars 1841.

AU GÉNIE DE LA POÉSIE,

Par une belle Soirée de Mai.

Lorsque tu pénétras en mon ame,
Je sentis le bonheur;
Tu réchauffas mon cœur de ta flamme,
J'oubliai le malheur.

Toi, qui as daigné me sourire,
Quand j'étais triste, malheureux,
Viens un instant inspirer ma lyre
Pour chasser mes rêves hideux.

De tes douces caresses,
Tu as inondé mon cœur.
A mes pleurs, à ma tristesse,
Tu as mêlé tes pleurs.

Quand je perdis ma mère,
Tu as souffert avec moi,
Tu as consolé mon père,
Tu as ranimé sa foi.

De tes ailes de neige,
Ange consolateur,
Tu abrites, protèges,
Et donnes le bonheur.

Tu répands dans les ames
Un encens embaumé,
Une divine flamme
Qui force à t'aimer.

En voyant ton visage
Et ton regard pieux,
On adore ton image
A l'égal de Dieu.

Quand ta voix plaintive
Arrive jusqu'à nous,
L'oreille attentive,
On se met à genoux.

L'on fait une prière
Que l'on adresse à Dieu;
L'on embrasse son frère
Et on lui dit adieu.

Et loin du bruit des villes,
Dans le coin d'un hameau
L'on va vivre tranquille,
Assis sous des ormeaux.

Là, recueillant son ame,
L'on venait tous les soirs;
Dans les bras d'une femme
On se berce d'espoir.

Les jours passent rapides,
Mais, laissent le bonheur;
Le temps même les rides,
Mais, sans toucher les cœurs.

Le soir, sur la colline
L'on respire l'odeur
De la fleur d'aubépine,
Baume consolateur.

L'on revient au village
Au coucher du soleil,
Et le même voyage,
L'on fait à son réveil.

Ainsi, passe la vie,
Sous ton aile abritée,
Sans chagrin, sans envie,
Comme une nuit d'été.

Et quand vient la vieillesse,
Grognant un bruit de mort,
Songeant à sa jeunesse,
Doucement l'on s'endort.

L'on se couche en sa bière
Comme dans un berceau,
Et l'on fait une prière
En marchant au tombeau.

Pourvu qu'en quittant ce monde
Où l'on a tant soupiré,
Une voix nous réponde
Et vienne nous pleurer.

L'on ferme les paupières
Pour arrêter ses pleurs ;
Adieu à la lumière,
L'on finit ses douleurs.

L'on quitte ce rivage
Pour un bonheur réel,
Et l'ame se soulage
En arrivant au ciel.

Ainsi finit la vie
Sous ton aile abritée,....
Les peines sont finies,
C'est pour l'éternité !....

LE 15 DECEMBRE 1840.

Oh Frère ! c'était un beau jour !

J'étais avec mon frère, placé près du portique,
Que l'homme.... fit bâtir dans ce temps magnifique,
Et là, les yeux tournés vers le fortuné rivage
Qui devait nous donner sa grandiose image ;
Nous attendions, que par cette superbe porte,
Le beau char apparût avec toute son escorte.
Mon frère me regardait.... il comprenait mon ame,
Car au fond de nos cœurs brûlait la même flamme.
Et quoique glacés et tout couverts de neige ,
Nous attendions contants, l'arrivée du cortège.

A L'ATHÉE.

Regarde le ciel et ose encore
douter qu'il existe un Dieu ! ! !

O toi ! qui vas parcourant le monde,
Sans connaître Dieu et reniant la foi :
Tremble, maudit, car la foudre gronde,
Le ciel va te punir, malheur.... malheur à toi.

Les joies d'ici bas sont bien vite fanées.
Car, tout dans ta vie est mensonge et erreur ;
Tu as méprisé nos croyances passées,
Et pourtant ces croyances.... c'était le bonheur.

Tu oublies que tu n'es que poussière,
Qu'il ne faut qu'un mot pour tuer ton orgueil :
Tu t'es moqué de nos saintes prières,
Toi, qui, un jour, dois pourrir dans un cercueil.

Aussi, tu vivras sans but et sans pensée ;
Tu seras poursuivi par une horrible vision,
Sans une douce haleine embaumée,
Sans un ange pour soutenir ta religion.

Ton cœur sera rongé par des vipères,
Pour toi, jamais de repos, ni de soleil,
Le remord, et peut-être la misère,
Regarde : voilà quel sera ton réveil.

Tu n'as pas craint de mépriser la pauvreté,
Tu as séduit la triste orpheline,
Misérable ! sur le front de l'honnêteté,
Tu as cloué la couronne d'épine.

Descends un moment au fond de ton âme,
Tâches d'y réveiller ton amour endormi,
Toi, qui as osé mépriser la femme,
Ingrat ! où donc trouveras-tu un ami !

Je te l'ai dit : tu vivras triste et solitaire,
Sans que personne daigne te consoler ;
Sans un sourire, une caresse de ta mère :
Puisque tu l'as voulu : tu seras isolé.

Tu seras poursuivi par l'horrible doute,
Et lorsque tu croiras marcher sur des fleurs,
Tu ne trouveras sur le bord de ta route
Que chagrin, misère, abandon, douleur.

A MON AMI GUSTAVE FOURMEAU,

Souvenirs d'Enfance.

Ami, toujours je songe à notre jeunesse,
Et toi ?...

J'aime à me rappeler ces souvenirs d'enfance,
Où nos jours s'écoulaient remplis par le bonheur,
Sans penser aux chagrins, nous vivions d'espérance,
Et le soir, nous jouions avec nos sœurs.

J'aime à me souvenir, quant Jenny, si coureuse,
Au bord du lac, venait nous trouver chaque matin;
Alors nous l'embrassions, comme elle était heureuse,
Et comme elle riait d'un sourire enfantin.

Je ne peux me rappeler ces jours d'innocence,
Sans que des pleurs de joie viennent mouiller mes yeux;
Nous ne connaissions ni misère, ni souffrance,
O ! ami, en ces temps que nous étions heureux !

Nous avions nos douces et bonnes habitudes,
Le monde n'avait pas touché nos cœurs de son venin.

Et le soir, après la prière et l'étude ,
Nous étions contents de partager un peu de pain.

Nous vivions heureux près de nos mères chéries,
Nos visages étaient gais et remplis de fraîcheur :
Au sein de l'indolence nous passions notre vie,
Nous ne connaissions , ami , que l'amour de nos sœurs.

Nous allions tous les soirs admirer la nature ;
De la rose nouvelle nous aspirions l'odeur ,
Et nous nous endormions sur la fraîche verdure ,
Abrités sous l'aile d'un ange protecteur.

A notre réveil, le ciel semblait nous sourire ;
L'avenir nous apparaissait tout en beau,
Mais ce bonheur à mon cœur ne put suffire ,
Enfant ingrat, j'ai quitté notre hameau.

J'ai quitté ce beau ciel de poésie,
Ces bosquets de fleurs où nous mêlions nos voix :
O ! mon pays ! ô ! ma belle patrie !
Souvent dans mes rêves je pense à toi.

Depuis ce départ, oh ! que de souffrance,
Que de larmes, de regrets et de soupirs,
Et comme au temps heureux de mon enfance,
Ma mère n'est plus là pour me bénir.

SONNET AUX DUELLISTES.

C'était un composé de souillure et
de lâcheté que l'on appelait un duelliste.

O vous, qui sans remords faites couler les larmes,
Vous, qui dans vos crimes cherchez la célébrité,
Allez, je vous maudis, vous êtes des infâmes,
Sans honneur, sans croyance et sans loyauté.

Vous ne sentirez jamais les baisers d'une femme,
Car vos lèvres se sont abreuvées d'impiété ;
Jamais rayon d'amour ne réchauffa votre ame,
Oh ! ne vous plaignez pas, vous l'avez mérité.

Aussi la justice vous poursuivra sans relâche,
Comme au forçat, elle vous fera une tache
Marquée sur votre front par la main du bourreau.

A l'heure de la mort vous serez sans espérance,
Vous ressentirez au cœur d'horribles souffrances,
Le génie du mal vous conduira au tombeau.

LES FLEURS.

Fantaisie.

Toutes ces fleurs qui ornent ta tête
T'embellissent encore.

Le Myrte.

O divine fleur, symbole de l'amour,
Pourquoi en ce monde n'est-tu que passagère ?
Ingrate, ta beauté ne dure qu'un jour,
Tu fermes trop vite ton précieux sanctuaire.

Le Lys.

Aimable fleur, noble étincelle de l'ame,
Toi qui répands de si suaves odeurs.
Toi que l'on aime à voir au sein d'une femme.
Image et symbole de sa candeur.

La Rose.

O toi ! chef-d'œuvre de la belle nature.
Toi que l'on admire le cœur plein de plaisir.
Mon ame, en te quittant doucement murmure.
Tes brillantes couleurs attirent mes soupirs.

La Jacinthe.

Triste fleur de noir cyprès couronnée,
Près d'un simple tombeau, tu reçois mes secrets,
Compagne de ma mère adorée.
Lugubre symbole de bien justes regrets.

L'Iris.

Salut noble emblême de l'espérance,
Toi, qui toujours as consolé mon cœur.
Toi, qui m'aides à supporter l'existence,
Toi, qui t'associes à ma douleur.

L'Immortelle.

Salut à toi, belle fleur toujours vivante,
Que jadis, ma mère jeta sur mon berceau;
Maintenant mon ame faible et souffrante,
En tremblant, va te déposer sur son tombeau.

TRISTESSE.

> Dans l'ombre, auprès d'un mausolée,
> O lyre ! tu suivis mes pas,
> Et des doux festins exilée,
> Jamais ta voix ne s'est melée
> Aux chants des heureux d'ici bas.
>
> LAMARTINE.

Enfant cesse tes chants, imite la nature,
Ne vois-tu pas ce groupe de montagnards,
Qui en pleurs, accompagne à la sépulture
Ce triste et lugubre Corbillard.

. . . .

Silence, laissons passer le cortége,
Des prêtres, écoutons les sombres accords ;
Suivons les pas marqués sur la neige ,
Découvrons nous pour saluer les morts.

. . . .

Vois cette jeune fille, la tête baissée,
Qui presse à son doigt un petit anneau,
Du pauvre défunt c'était la fiancée,
Elle va le conduire au tombeau.

. . . .

Devant nous la foule s'écoula en silence,
Bientôt le temps efface les pleurs ;
Maintenant, au pauvre mort, personne ne pense.
La jeune fille a donné son cœur.

Les fleurs que sur la tombe on a semées,
Fraiches et belles, n'ont duré qu'un jour ;
Faute d'un peu d'eau, elle se sont fannées,
Pourtant l'on avait écrit : pour toujours.

O mon seigneur, qu'un mort soublie vite,
En fermant sa tombe on en quitte le deuil ;
Les larmes sèchent avec l'eau bénite,
Qu'à l'église, le prêtre jette sur le cercueil.

L'enfant oublie sa mère,
La femme oublie son époux,
La sœur oublie son frère,
Et l'homme : l'homme oublie tout.

Moi, je te sais juste, ô mon divin sauveur,
Car la mort en chemin n'épargne pas les trônes ;
Tous êtres vivants ont leur part de douleur,
Au roi, comme au mendiant, tu demandes l'aumone.

Paris, 10 *Juin* 1840.

LA MANDOLINE,

Rêve poétique.

Heureux qui peut charmer la solitude
par ces songes dorés....

Un soir j'étais assis sur d'antiques ruines,
Et je rêvais à ces anciens châteaux;
Soudain le doux murmure d'une mandoline
vient troubler le silence de ces tombeaux.

Je prêtai l'oreille à ce concert des anges;
Une douce voix entonna un chant d'amour,
Ce chant, cette voix me firent un bien étrange,
Que mon pauvre cœur se rappellera toujours.

Tout-à-coup, cette voix devient moins forte,
Et elle finit par s'éteindre dans un soupir,
Que la brise du soir au loin emporte,
Et en passant sur ma tête, semble me bénir.

Je voulus pénétrer cet étrange mystère,
J'allais vers l'endroit où l'on avait soupiré;
J'aperçus, penchée sur une froide pierre,
Une belle jeune fille qui pleurait....

Je vis des larmes sur son noble visage,
Comme des perles d'or elles coulaient de ses yeux:
Si jeune, déjà le malheur pour partage,
Oh divin seigneur, que tes arrêts sont rigoureux.

Je n'osai troubler cet ange en prière,
Je m'arrêtai pour étouffer l'élan de mon cœur,
Car elle aussi peut-être pleurait sa mère;
Je regardai le ciel et respectai sa douleur.

Appelez-moi, disait-elle, prenez mon existence,
Car sans lui, sur la terre, que me sert ma beauté;
Le voir bientôt, mon seigneur, voilà mon espérance,
Mes désirs, mon bonheur, toute mon anxiété.

Je ne sais si le ciel entendit sa prière,
Mais je la vis si pâle, que je fus saisi d'effroi;
En tremblant, je m'approchai de la froide pierre,
Et je l'entendis murmurer : ami, je vais à toi....

Ces mots que l'écho des ruines répète,
M'apprennent qu'un ange vient de mourir;

Sa bouche et maintenant froide, muette,
Le seigneur vient de les réunir.

Je quittai ces lieux, l'ame oppressée,
L'esprit souffrant, les yeux remplis de pleurs,
Et pendant bien longtemps, dans ma pensée,
La jeune fille occupa mon cœur.

J'emportai sa triste mandoline
Que j'ai conservée en souvenir de ce soir;
Quant la sombre nuit couvre les ruines,
Près de la tombe des amants, je vais m'asseoir.

Je vais chanter les vertus de la sainte,
Lui parler de son ami, de ses amours ;
Souvent sous la pierre qui reçoit ma plainte,
J'entends la voix me dire : il m'aime toujours.

S'il est vrai qu'à la mort finissent les souffrances,
Appelez-moi, seigneur, au séjour des heureux;
Là, j'embrasserai ma mère, douce espérance,
C'était une sainte, elle habite les cieux.

Juillet 1840.

LE PROSCRIT.

A mon bon Père.

Mon Pays, c'était ma vie,
loin de lui, je me meurs.

Adieu pays où j'ai passé mon enfance,
Adieu rivage où j'ai reçu le jour,
Adieu beau temps de ma jeune indolence,
Adieu bonne mère, adieu pour toujours!

Adieu bon frère, adieu ma bonne sœur,
Adieu aux jeux de ma douce jeunesse,
Adieu à vous, ô beau rêves enchanteurs,
Adieu à mon adorable maîtresse!

Adieu belles montagnes antiques,
Où le jeune pâtre redit chaque soir,
De sa triste voix, un vieux cantique
Qui pénètre l'ame et donne l'espoir.

Adieu suave souvenir d'innocence,
Adieu bocages, témoins de mes amours.
Le pauvre proscrit oubliant la distance.
A son pays, à sa mère, songera toujours.

Mai 1840.

LA MANDIANTE.

Romance à ma Sœur.

« Venez bonnes mères de famille,
» Pour soulager une pauvre fille,
» Sans vos soins je vais mourir
» Venez, venez me secourir.

I.

Par une froide soirée,
Assise au bord d'un chemin,
Par la douleur affaissée
Une jeune fille tandait la main.
« Prenez pitié de ma misère,
Disait-elle, en baissant les yeux;
» A quinze ans je n'ai plus de mère
» Et mon pauvre père et si vieux.

» Venez, bonnes mères de famille,
» Pour soulager une pauvre fille,
» Car sans vos soins je vais mourir,
» Venez, venez me secourir.

II

» L'on nous chasse de notre chaumière,
» Nous sommes sans azile, sans pain,
Et nous dormons sur la froide pierre,

» Oh! par pitié, tendez nous la main.
» Le ciel m'a privée des douces caresses
» Dont ma mère m'entoura au berçeau,
» Pauvre enfant, de toute sa tendresse
» Il ne me reste plus qu'un simple tombeau

» Venez, bonnes mères de famille,
» Le seigneur protégera vos filles,
» Hâtez-vous, car je vais mourir,
» Venez, venez me secourir. »

III.

Mais personne n'écouta sa prière.
La pauvre fille n'a plus d'espoir,
Elle retourne vers son vieux père
Qui est heureux de la revoir.
Ils partagent leur triste destinée,
Ensemble ils meurent de froid et de faim,
Pour les mandians cette affreuse journee
Ne doit pas avoir de lendemain.

O vous qui êtes dans l'opulence,
Vous qui pouviez les secourir,
Sachez que pour toute vengeance
Le pauvre ne sait que bénir.

23 *mai* 1840.

FIN.

www.ingramcontent.com/pod-product-compliance
Ingram Content Group UK Ltd.
Pitfield, Milton Keynes, MK11 3LW, UK
UKHW021032180726
13838UKWH00004B/1762